Maria Janitschek

Verzaubert

Eine Herzensfabel in Versen

Maria Janitschek

Verzaubert
Eine Herzensfabel in Versen

ISBN/EAN: 9783744625180

Hergestellt in Europa, USA, Kanada, Australien, Japan

Cover: Foto ©Andreas Hilbeck / pixelio.de

Weitere Bücher finden Sie auf **www.hansebooks.com**

Verzaubert

Eine Herzensfabel in Versen

von

Maria Janitschek

Stuttgart

Verlag von W. Spemann

1888

Druck der Hoffmann'ſchen Buchdruckerei in Stuttgart.

Inhalt.

Frühlingsstürme.

I

Die Luft ſtreicht ſamten über Blumenwangen,
In Regenbogenfarben glänzt bie Erbe,
Sie bulbet ſtill mit williger Gebärbe,
Des jungen Frühlings brünſtiges Umfangen.

Gelöſt wirb aller Kreatur Verlangen,
An alle Keime pocht ein bittenb: Werbe,
Unb triebeſchwer, voll ſeliger Beſchwerbe,
Will Blum' an Blume, Lipp' an Lippen hangen.

So ſtill, ſo warm . . . o es iſt ſchön zum Sterben!
Schon wieder der erbärmliche Gebanke,
Läßt ſich burch Wollen benn nicht Kraft erwerben?

Wo iſt bie Fauſt, bie niederſtreckt bie Schranke
Die mich vom Wollen trennt? Ein mürber Scherben
Iſt ach, mein Wille. Ich bin eine Kranke.

———————

II.

Ueber den sonnigen Wiesenplan
Kommt mein Gatte gegangen,
Fröhlich blitzt sein Auge mich an,
Rot schimmern seine Wangen.

Auf der Schulter die Büchse blank,
In den Händen die Beute,
Auf den blühenden Lippen Gesang,
Sei gesegnet dein Heute!

Büchse und Tasche wirft er von sich,
Beut mir den Mund zum Empfange,
Schlinget die starken Arme um mich,
Streicht mir das Haar von der Wange.

Ich aber schließe die Augen sacht,
Was beutet ihr heißen Tropfen?
Hinweg mit euch! Meine Lippe verlacht,
Verlacht Herz, dein wildes Klopfen. —

III.

Unter Linden steht mein Haus. Ein Garten,
Dicht bebuscht, mit lauschigen Rasenbänken,
Und durchquellt von einem klaren Bächlein,
Birgt mein Heim in seinen grünen Schatten.

Schlicht sind die Gemächer und nicht zahlreich.
Ruh= und Arbeitszimmer, dann ein Stübchen
Holzgetäfelt und mit bunten Scheiben,
Wo wir unsrer Mahlzeit traulich pflegen,
Küch' und Keller, und ob meiner Kammer
Eine Stube noch ... das ist mein Häuschen.

— — — — — — — — — — — —

Wie die Amseln schattenselig jubeln.
Ja, die Welt ist schön, besitzt man Flügel,
Menschenflügel sind Gedanken. Höher
Als die eueren, Vögel, tragen diese,
Aber ach, sie tragen nur den Geist,
Und der arme Leib muß unten bleiben ...

Doch nicht das ist's, was ich sagen wollte ...
Neulich, Herbst war's eben, kam mein Gatte,
Legte seinen Arm um meinen Nacken,
Und mit seiner guten Stimme sprach er:
„Liebchen, aus dem Ausland angekommen,
Ist mein liebster Jugendfreund, derselbe,
Dessen du aus meinen Schilberungen
Dich erinnern wirst, ein lieber Junge.

Gestern, da er eben wohnungsuchend
Durch die Stadt strich, traf ich ihn, ich dachte,
(Stiva bleibt nicht lange hier) wie wär' es,
Wenn wir ihm das obere Zimmer böten,
Unbewohnt ist es, und er ein stiller
Ruhiger Mensch, der seine meisten Nächte
Auf der Warte zubringt; Astronom
Ist er, wie du weißt; bei Tage schläft er
Oder liest in seinen Zahlenbüchern . . . .
Nun, was meinst du, Liebchen? Mich solls freuen
Sagst du: ja, zu diesem meinem Vorschlag."
Und ich sagte: ja, zu seinem Vorschlag.
Und es wohnt der Freund ob meiner Kammer. . . .

Wie die Amseln schattenselig jubeln! . . .
Ja, die Welt ist schön, ihr lieben Amseln,
Aber schöner ist sie noch im Traume,
Nicht das Wunschreich mehr, das seufzerlaute,
Nein, ein Eden seligster Erfüllung.

Ob es wahr, daß Sünde ist, zu träumen?

IV.

Die Sonne hat einen Schleier um,
Für wen sie wohl trauert?
Die Vögel sind alle ernst und stumm,
Die Blumen schauert.

Eine nahende Sündflut rauscht durch die Luft,
Wir müssen verderben,
Schon öffnet sich die Wolkengruft. . . .
Ich will nicht sterben! ! ! !

Ich will nicht sterben!
                        Die Sonne lacht,
Die Vögel singen heiter,
Ich bin vom Fiebertraum erwacht,
Ich lebe weiter. — — —

Der Schleier, der die Sonne verhangen,
Der dunkelschwere,
Nicht die Sonne, mein Aug hat er umfangen:
Es war eine Zähre.

Die Sonne trägt um niemanden Trauer,
Sie nicht, aber ich,
Aber ich . . . . entfleucht ihr Grabesschauer!
Um . . . . mich.

V.

Ein Engel, der mit Blumen spielen mag,
Steigt auf die Erde still, der junge Tag.

Er küßt die Menschen, küßt die Brust der Rosen,
Da ist die Luft erwarmt von seinem Kosen.

Da ist ein stilles Finden hingegangen,
Durch alle Seelen, die nach Ruh verlangen.

Und du, mein Herz? Hast du verlernt das Beten?
Geh, fasse Mut, kühn darfst vor Gott du treten.

Durch keine That hast du dich ja entehrt,
Nur Träumen hast du zu viel Macht gewährt.

Sprich still ein fromm Gebet, und laß das Weinen,
Gott wird im Leibe tröstend dir erscheinen!

Der Engel regt die goldnen Schwingen lind,
Mir ist, als sagt' er: Zage nicht mein Kind!

Drauf ist er glorienstrahlend fortgegangen,
Mir aber soll vor keiner Nacht mehr bangen.

VI.

Dunkle Ringe um die Augen,
Und den Blick verwirrt und trunken,
Und die Lippen weiß und wächfern,
Und die Wangen eingefunken.

Dieses Spiegelbild ist meines!
Locken, die so stolz sich blähten
Ueber meiner Stirne, Pflanzen
Gleicht ihr, schlaffen, herbstgemähten.

Mund, du gleichst dem schweigensöden
Leeren Strombett, drin verklungen
Alle lebensfrohen Lieder,
Die die Wellen einst gefungen.

Und doch sind's erst kurze Monde,
Seit o Leib dein Glanz erblichen,
Seit mit deiner Seele Sabbat
Auch der Gott von dir gewichen.

Einen Arzt, befiehlt mein Gatte,
Einen Arzt! Kurzsichtiger Lieber!
Glaubst du wirklich, daß ein Tränklein,
Heilung brächte diesem Fieber?

Nein, kein Arzt! Gleichwie Franziskus
Gott geprebigt, einst den Tieren,
Will ich meinem Herzen predigen
Ruhe nach den bangen Wirren.

Und vielleicht gehorcht das Herz mir,
Läßt die Flammen neu entzünden
Vor dem Einst. Vielleicht . . . ach, kann ich
Noch den Weg zum Himmel finden.

———

VII.

„Bald Erröten, bald Erblassen,
Bald voll Unrast, bald gelassen,
Bald das Aug voll sel'ger Strahlen,
Bald getrübt von bittern Qualen,
Bald die Lippen gramverzerrt,
Bald von heiterm Licht verklärt.
Kind, mein Kind, was soll das deuten?"

„Dies Erröten und Erblassen,
Dieses heiße dich umfassen,
Dieses zornige dich verschmähen,
Soll ich alles dir gestehen?
Aber Gott, welch jähen Schrecken
Meine Worte in dir wecken;
Geh', es war nur eitles Scherzen,
Bin ja dein aus ganzem Herzen,
Sieh', ich will's ins Ohr dir raunen:
Launen sind es, nichts als Launen."

VIII.

Der Traum ist aus. Was nun? Ich schließe
Die zukunftblinden Augen. Ach!
Ich weiß von dem, was folgt, nur eines:
Der Traum ist aus, und ich bin wach.

Es war heut nacht. Im Garten sangen
Verträumte Winde leis ein Lied,
In taubenetzten Büschen schliefen
Die kleinen Vögel sonnenmüd.

Ich aber saß auf meiner Bank
Und trank voll Lust das heilige Schweigen,
Dem ungebärdigen Herzen wollt' ich
Den seligen Friedenssabbat zeigen.

Da hör' ich Stimmen. Schritte kommen
Die Treppe nieder. Vor das Thor
Fährt laut ein Wagen. „Reise glücklich,
Mein Stiva!" tönt's zu meinem Ohr.

Ein Wahnsinn faßt mich. Glutgerötet
Erscheint die Luft mir. Angstgedrängt
Stürz' ich zum Hause hin, vor Scham
Die Lippen stumm, das Aug' gesenkt.

Den tastend ausgestreckten Händen
Begegnet er. Ein kurzes „Bleib!"
Dann Nacht . . dann Nacht. Wohlthätige Ohnmacht
Umfing das stolzvergessne Weib.

Als ich die Augen aufschlug, fand ich
Auf meiner Bank mich wieder. Wortlos
Lag er vor mir, und sah mich an
Mit Blicken, ernst und himmelgroß.

Der Traum ist aus. Was nun? Ich schließe
Die zukunftblinden Augen. Ach!
Ich weiß von dem, was folgt, nur eines:
Der Traum ist aus, und ich bin — wach.

Sommergluten.

I

Es ist gekommen leise wie ein Traum,
Und überraschend wie der Tod. Es kam
So unabwendbar mächtig wie das Schicksal,
Wie ein Gesetz Jehovahs, wie er selbst,
Wenn er die Welt heimsucht mit seinem Zorne.

Es war ein Morgen, licht und kühl, und mailich,
Und voll geheimer Süße. So geschaffen
Zum Wandern, Träumen, Sehnen, seligen Wiegen
In blauer Luft. Ein Morgen, der Millionen
Goldheller Schwingen trug in seinem Wehen,
Und jeglichem Geschöpf, das unbeschwingt,
Ein glänzend Paar verlieh, auf daß es eile
Hinaus, hinaus ins freudige Reich des Lenzes.
Auch mir erwuchsen Schwingen, und ich zog
(Mein Gatte war verreist) weit ins Gebirge,
Ins bläulich schimmernde. Auf steilem Pfade
Stieg ich empor, vor mir die weißen Gipfel,
Die zu erreichen leichtes Spiel mir schien.
Von unten scholl herauf das dumpfe Brausen
Der wilden Wasser, und ein grüner Abgrund
Blies seinen eisig kühlen Hauch herauf.
Ich aber blickte nur empor, empor,
Und von der Sehnsucht Flügeln kühn getragen
Vergaß ich der Gefahren, die ein Weib
Unkundig solchen Wanderns rings bedräuen.

Und plötzlich sah ich meinen Pfad verstellt
Von einer mächtigen Felsenmauer, die
Sich senkrecht aufwärts baute. Hilflos irrte
Mein Blick umher. Zur Linken Abgrundtiefe,
Zur Rechten schroffe Felsenwände. Angstvoll
Ließ ich mich nieder auf das Steingeländer
Und schloß die Augen. Da ich aber heimwärts
Den Pfad einlenken wollte, war mein Blick
Der jetzt nur Tiefen sah, nicht mehr die Wände,
Die sich so sicher aufwärts wölbten, schwankend
Und unstät. Schwindel machte meine Ferse
Erbeben. Felsen, Bäume, und der Abgrund,
Sie flogen bunt an mir vorbei, und Himmel
Und Erde ward zuletzt ein dunkler Fleck
Vor meinen Augen. Taumelnd sank ich nieder,
Mein Angesicht verhüllend. Da vernahm ich
Ein nahendes Geräusch. Ich blicke auf,
Und wie ein Wunder tagt's vor meinen Augen.
Aus jener Tiefe Abgrund kommt herauf
Gestützt auf seinen Alpenstock, ein Lächeln
Des leisen Spotts um seine Lippen: Stiva.
Wir sprachen wenig Worte. Lang schon hatte
Sein Auge mich verfolgt. Er sah mein Wanken,
Mein Bangen, und erschien zu meiner Hilfe.
Wie es gekommen, daß er sich erkor
Dasselbe Wanderziel wie ich, ich weiß nicht,
Ich hab' ihn nicht gefragt. Er bot mir gütig
Die Rechte, ging voraus, und ich mich stützend
Auf seine Hand, ich folgte ihm. Die Sonne
Verglühte still im schattenblauen Aether.
Es wurde still und stiller. Dämmerung,
Durchglänzt von goldnen Sternen, sank herab.
Die Ströme sangen lauter. Immer noch
Auf seine Hand gestützt, ging ich dahin.

Ich ging auf seine Hand gestützt dahin,
Als längst die Wege eben, das Gebirg
Wie ein geträumtes Märchen hinter uns
Im Silberzwielicht still versunken lag.
Es war die Hand wie jene Feuersäule,
In der Jehovah sich verbarg, zu leiten
Sein Volk. Nicht wollend, müssend hielt ich fest
Umklammert jene Hand. Sie war wie Feuer,
Sie leuchtete, sie schien ein Regenbogen,
Der Erd und Himmel glänzend hielt umspannt
In seinem Rund, sie wurde schrecklich mir
Und schrecklicher, sie strömte jene Kraft
Der Erde aus, mit der die neidische
Jedweb' Geschöpf an sich gebannt, auf daß
Kein einziges entfleug zu höhern Sphären.
Sie war entsetzlich diese Hand. Sie brannte
In meiner, und es strömte all mein Herzblut
In jene Adern, die ihr Griff umspannt.
Sie war entsetzlich, und mit einem Schrei
Stieß ich sie weg von mir. Da wandte langsam
Sein bleiches Angesicht der Mensch mir zu
Deß' Eigen diese Hand, und lächelte,
Mit seinem müden Lächeln, und er sagte:
„Jawohl, wir sind zu Hause.“
                                        Ahnungslos,
Ach, ahnungslos.
                        Ich preßte meine Lippen
Stumm aufeinander, ging in meine Kammer,
Und warf mich auf die Knie, in heißem Fieber
Aufschauernd bang, und meine Seele schrie:
O Herr! O Herr, versuche nicht dein Kind!

————

II.

Es giebt eine Verächtlichkeit,
Die herrlicher ist,
Als die stolzeste
Palmengekrönte Tugend:

Die Verächtlichkeit
Des liebenden Weibes,
Das, sein Ich vergessend,
Dem Manne hingiebt
Die Würde des eignen
Königlichen Willens.

Das, sein Menschtum verleugnend
Und die allmächtige
Thatkraft seines Geistes,
Dem Geliebten bekennt,
Ohne ihn zu sein
Wie die Larve des Schmetterlings,
Die ohne Sonne
Nimmer erlangen kann
Die tragenden Schwingen.

Ach, da ich jüngst
Dem Manne zurief
Mein flehendes: „Bleib!"
Ward ich also verächtlich.
Zerrissen hab' ich
Den bergenden Schleier,

Der das schweigende Rätsel
Der Frauenseele
Heilig verhüllt.
Alles ist offenbar.

Für mich, ach,
Geoffenbarter
Frevel! — — — — —

Da ich gesprochen
Das unselige Wort,
Warf ich die Arme
Zum Himmel empor
Und flehte: „Herr,
Sende gnädig
Deinen Diener, den Blitz,
Daß er mich führe
Aus meiner Sünde!“

Aber es kam kein Blitz.
Ein Blumenodem
Drang von der Erde auf
Und legte sich
Wie ein kühlender Schleier
Auf mein brennend Antlitz . . . .

Seit jenem Abend
Meid ich sein Auge.
Wie Fremdlinge
Wandeln wir stumm
Aneinander vorüber,
Die Häupter senkend,
Nahet mein Gatte.

III.

Nicht mit dem leuchtenden Chor des Aethers,
Der in nimmer verstummenden Psalmen verkündet
Des Ewigen Macht,
Den schöngekörperten Söhnen des Himmels:
Den lieblichen lichtbegnadeten Sternen
Vergleich' ich dich.

Groß und herrlich ist ihre Wirkung
Auf ihre jüngere Schwester die Erde,
Aber nicht göttlich.
Denn des Menschen stofflich beengter Geist,
Der mit irdischer Wahrheit genährte,
Kann sie erfassen.

Nicht den gewaltigen Elementen,
Den Regierern der Erde, den menschbeherrschenden,
Vergleich' ich dich.
Wir kennen die Kräfte, die sie geeint,
Und den Geist, der die Kräfte erzeugt,
Und sein ehern Gesetz.

Einen nur giebt es. Außer dem Raume
In einer Tiefe sitzt er verborgen,
Sitzt er verborgen,
Und reckt den Finger herüber
Und säet Leben und Wirkung,
Und . . . den kennen wir nicht.

Einen nur giebt es. Diesem ähnlich
Bist du. Ohne daß ich dich kenne
Säest du Wirkung,
Säest du Paradiese, Höllen,
In das erschreckte Herz mir, Mensch
Und Jehovah zugleich.

IV.

Du selige Magie! Geheimes Walten
Geheimer Kräfte, die sich halb entfalten,
Du heiliger Laut, gehaucht von fremden Zungen,
Wie hast du siegreich irdischen Stoff bezwungen!

Du flügelfroher Herzen Hochgewinn,
Begnadend uns mit jenem letzten Sinn,
Der mehr vernimmt denn bloß der Körper Herzschlag,
Ein Gott ist, wer dich Liebe deuten mag!

Mir schweigt die Erde, wenn ich schlafversunken
Auf meinem Lager ruhe, träumetrunken,
Mich weckt des Sturmes laute Orgel nicht,
Des Regens Zischen, wilder Blitze Licht.

In meiner Träume ferne Einsamkeit,
Erschallt kein Ton von außen weit und breit,
Ein einziger Laut nur, wundersam Geschick!
Ruft mich vom Jenseits in das Hier zurück.

Ein Ton, nicht stärker als des Laubes Fallen,
Und stärker doch, als mächtigen Donners Hallen:
Ein Schritt ob meiner Kammer, leis und sacht,
Fast unhörbar, ... von ihm bin ich erwacht.

O Seele, ohne Schlummer, ohne Ruh,
Mit ausgespannten Flügeln lauschest du
Dem Einen, Einen .... hast du ihn vernommen,
Bist du zu wecken deinen Leib gekommen.

Du selige Magie! Geheimes Walten
Geheimer Kräfte, die sich halb entfalten,
Du heiliger Laut, gehaucht von fremden Zungen,
Wie hast du siegreich irdischen Stoff bezwungen!

V.

Am Morgen war's. Die Blumen glänzten frisch,
Die Sonne schien herab, die Vögel sangen,
Ein taugekühlter Wind strich durchs Gebüsch,
Ein Lächeln spielte um der Erde Wangen.

Ich ging im Garten langsam auf und nieder,
Ging auf und nieder, meine Hände froren,
In meinem Kopfe tönten wirre Lieder,
Ich dachte still: Verloren, ja verloren.

Da schlang ein Arm um meinen Leib sich leise,
Und eine Stimme schluchzte meinen Namen;
Es war die alte süßvertraute Weise,
Eh' Leid und Sünde sie zu töten kamen.

Mein Gatte! „Still, sei still, und sprich kein Wort,
Lehn' dich an mich, wir wollen zu der Bank,
Zu jener … weißt du noch?" Er zog mich fort
Zu meinem Lieblingsplatz. Wir schwiegen lang,
Dann sprach er leise mit erstickter Stimme:
„Weißt du, wie wir das erste Mal hier saßen?"
Und plötzlich wie erwacht in wildem Grimme,
„O Weib, ist's möglich, dich, dich, muß ich hassen?

Dich! Weißt du noch? Es war ein Samstag. Glühend
Versank die Sonne. Von der Kirche eben
Zurücke waren wir. Die Nacht lag blühend
Die erste Nacht vor uns ..... ein neues Leben,

Ein Himmel .... Ach! Auf dieser Bank erwarten
Die ersten Sterne wollten wir. Sie kamen,
Sie sahn uns küssen .... stiller ward's im Garten,
Und stiller .... endlich schliefst du, leise nahmen
Dich meine Arme und ..... hinweg von hier!
Hinweg, hinweg!!!" Aufspringend riß er mich
Mit sich. „O Gott, vernicht' mich, nur erspar' mir
Des Vorwurfs Höllenqual."

                   „Ich quäle dich?
Nein Kind, du bist ja krank," und zärtlich schlang
Auf's neu' um meinen Nacken sich sein Arm ...
O, wie der Ton mein elend Herz durchbrang,
Wie groß ist dieser Mensch, und ich, wie arm! ...

Wir gingen stumm dahin; vor einem Strauch
Mit weißen Rosen hielt er mich zurück.
„Kennst du ihn noch, den süßen alten Brauch?
Von diesen Rosen gabst" ... mein nasser Blick
Ließ ihn verstummen, „dort der Baum am Bache,
In seinen Schatten, weißt du noch?" Mein Herz
Zerspringe nicht, giebt's eine heißere Rache
Als dieses: „Weißt du noch?" In wildem Schmerz
Warf ich vor ihm aufs Knie mich: „Schweige, schweige!"
„Ich will es, sprach er sanft, mein armes Kind,
Ich will's, und wünsche, Gott im Himmel zeige
Dir einen Weg aus diesem Labyrinth."

Er ging. Mit müdem greisenhaften Gange
Ging er, die Augen sich verhüllend, hin.
Ich aber lag auf meinen Knien noch lange.
Weh mir, weiß Gott im Himmel, daß ich bin!

3

VI.

Was ist das allergrößte Leid,
Dem nichts vermag die Hand der Zeit?
Was ist das allerschwerste Sterben,
Das eine Seele mag verderben?

Das ist, wenn Lieb nach Liebe drängt,
Und — Mitleid nur, statt ihr empfängt.
Das ist das allerschwerste Leid,
Dem nichts vermag die Hand der Zeit.

Oft quält mich ein Gedanke: Gott,
Wenn er nicht teilte meine Not,
Wenn er, um den ich also stritt,
Nicht alle Qualen mit mir litt?

Da geht ein heißes stummes Weinen,
Durch meine Seele. Leiden einen,
Und weil du nicht im Glücke mein,
So sollst du elend mit mir sein.

Du aber bist so ruhig, voll Frieden,
Ich glaub', dich kränket nichts hienieden,
Noch sprach kein liebes Wort dein Mund,
Und ich . . . ich bin so todeswund.

Ich bat dich, bleibe! und du bliebst,
Ob es geschah, weil du mich liebst?
Ein jeder Mann wär' da geblieben,
Mitleid hätt' ihn dazu getrieben.

Dein Mitleid aber brauch ich nicht.
Ich will dein Lieben! Sonnenlicht,
Nicht eines Lämpchens dürftig Scheinen,
Du sollst noch mit mir leiden, weinen.

Du sollst noch werden liebberauscht!
Dem Frühling hab' ich's abgelauscht,
Wie der es thut mit seiner Erden,
Thu ich's mit dir, mein mußt du werden.

Versengen will ich dich mit großen
Liebwarmen Augen, bis zerflossen
Von ihrem Strahl dein Eis zergeht,
Und deine Seel' in Flammen steht.

VII.

Neulich, als ich mit den trauten Sternen,
Stille Zwiesprach hielt, und ihnen sagte,
Wie ihr Freund so strahlenreich gleich ihnen,
Rief mein Herz, voll zweifelbangen Zagens:

Weißt du denn, ob dieses helle Strahlen
Nicht erborgt ist? Ob es eigner Glanz ist,
Der so zaubermächtig aus ihm leuchtet?
Ob's nicht Wiederschein nur deines Glanzes?

Ob der, den du reich nennst, nicht ein Bettler,
Der zum Krösus erst durch dich geworden,
Der dich überragt, weil du dich neigest,
Der so stark, weil deine Kraft ihn nährt?

Da mein Herz so sprach, erhob sich drohend,
Zorngebläht, wie eine heiße Braut,
Der im Augenblick des schönsten Glückes
Man den Liebsten wegführt, meine Seele.

Und sie sprach: Hör' an, du Zweifelkleines:
War ein König, schön und stolz, und mächtig,
Den ein Weib mit starker Liebe liebte,
Mit der tausendarmig starken Liebe.

Thronlos ward der König. Düster sah ihn
Auf und nieder gehn der Palmengarten,
Hingegangner Herrlichkeit gedenkend,
Ungesehene Königsthränen weinend.

Aber auf des Gartens Marmorschwelle
Saß das Weib, und statt zu weinen, sang es.
Sang mit liebesüßer Glockenstimme,
Heitere Lieder, die ihn trösten sollten.

Heimlos ward der König. Feinde nahmen
Ihm das Marmorhaus, den Palmengarten,
Nahmen ihm die letzte Purpurbinde,
Und den goldnen Reif aus seinen Locken.

Wie ein Bettler zog er in die Fremde,
Zwischen zorngekrümmten Fingern haltend
Einen Holzstab. Hinter ihm zog schweigend
Jenes Weib einher, mit Palmenwedel.

Einmal da der Königsbettler müde,
An der Thüre eines Freigelassnen
Hinsank, und der einstige Sklav' ihn fortstieß,
Schlug er diesen, und er ward zum Mörder.

Schergen fingen ihn, und schlangen Fesseln
Um die blassen Königshände, schleppten
Auf die volkumwogte Schädelstätte
Ihn und die Gesellin seines Weges.

Und es hob die Hand zum Streich der Richter,
Doch das Schwert entsank ihm. Statt des kräftigen
Manneshalses bot sich ihm ein Nacken,
Lilienweiß und glatt: ein Jungfraunnacken.

Da, gleichwie des Sturmes Jubelpsalm
Helios lichter That vorausfliegt, brauste
Tausendstimmig Jauchzen durch die Menge:
„Richter, heilig ist, wer so geliebt wird.

Laß ihn leben. Bringt ihm Opfer, Brüder,
Ehret ihn!" Und tausend Arme langten,
Hoben ihn zum Lichte, ihn, den Seligen,
Durch die große Liebe Gottgewordnen.

Also sprach die Seele. Und es lauschte
Still auf sie das Herz, dann rief es innig:
Nun erfaß ich dich, du große Wandlung,
Wundersamer als das größte Wunder!

Göttliches nur kann die Liebe lieben,
Warst du ehdem dürftig auch, mein Einziger,
In der Stunde, da ich dich erkoren,
Hat Unsterblichkeit dein Haupt berühret!

VIII.

Es wandelt eine Gnade unter uns,
Sie wandelt still, und Wenigen begegnend,
Wem sie sich giebt, der wird ein Gotteskind.

Sie wandelt still, nur Wenigen begegnend,
Wo sie vorbeikommt, falten sich die Hände,
Die eben noch mit irdischem Tande spielten.

Wo sie vorbeikommt, schweigt das heiße Blut,
Das eben noch ein wildes Lied gesungen,
Und gehet fromm durch seine dunklen Gänge.

Wo sie vorbeikommt, hält der Mörder inne
Mit seiner That, ... es gäbe keine Sünde,
Wär' sie der Schlange einst genaht im Eden.

Es gäbe keine. Jüngsthin, da ein Weib
Die Hand an ihres Nachbars Thüre legte,
Da kam die stille, wundersame Gnade.

Sie führte sanft das Weib von jener Thüre ...
Sie ist der große, sonnenhelle Blick,
Der aus dem Auge des Gerechten leuchtet ...

Wer diesem Blick begegnet, da er just
Im Dunkel ging, der kann sein Leben nimmer
Im Dunkel gehn, noch Finsteres vollbringen.

O große Gnade! Unerbittliche!
Wie tratst du mir entgegen demanthart,
Da ich so weich, . . . so gottvergessen weich.

Es war in einer gold'nen Vollmondnacht,
Das laue Licht . . . ich stand an seiner Thüre . . .
Da ging mein Herr vorbei, und sah mich an.

IX

Seine Seele steht in Flammen!
Als die schmachtenden Blumenlippen empfingen
Den Tropfen Liebe, als auf Silberschwingen
Monblicht flog an der Erde Brust,
Und beide sich küßten in heimlicher Lust,
    In der heiligen Juninacht:
    Ist seine Seele erwacht.

Die Stirne im Staube lag er vor mir,
Er lag vor mir, er lag vor mir,
Seine Hände umschlangen meinen Leib,
Seine Lippen flehten: Sei mein Weib!
    In der heiligen Juninacht,
    Ist mein Elend erwacht ...

Ich bin gefesselt in erzenen Banden,
Die Ewigkeit hat dabei gestanden,
Als ich gegeben mein laut Versprechen,
Selbst ein Gott vermag sein Wort nicht zu brechen.
    In der heiligen Juninacht,
    Ist mein Elend erwacht.

Ein Beben ging durch die schlafenden Rosen,
Monblicht mochte nicht weiter kosen,

Dunkelheit hat sich aufgethan,
Zu verbergen den weinenden Mann.
    O schweigende Juninacht,
    Schweigende Juninacht!

„Laß mich fort," rief er mit gerungenen Händen,
„Kann sich das Leid nicht zum Glücke wenden,
So sei es ohne Zeugen getragen,
So sei es ganz und allein getragen."
    O ernste Juninacht, Leidensnacht,
    Wärst du nie erwacht!

Ein Sturm kam durch die Lüfte geschritten,
Die Bäume sträubten sich mit leisen Bitten,
Er zerriß ihre Kronen, er schlug die Stille,
Es war Gott in seines Zornes Schwüle.
    Du schauernde Juninacht,
    Schauernde Juninacht!

Ich aber stand im Sturme gelassen,
Meine Hände die Hände des Mannes umfassen,
„Bleib' hier, ohn' dich kann ich nicht leben,
Versagt mir Gott auch seliger Geben . . .
    O schmerzsüße Juninacht,
    Wie hast du ihn stark gemacht!

    Seine Seele steht in Flammen!
    Allelujah, Allelujah!
    Wir bleiben beisammen, beisammen!
        Kein Trennungswehe,
        Selige Nähe!
    Blutiger Kampf, leuchtender Sieg!
    Gott geht mit uns in den Krieg!
        Seine Blitze werden zerstören,
        Irdisch Begehren.

Gott geht mit uns in den Krieg,
Sieg! Sieg!

Heilige Juninacht!
Selige Juninacht!
Wie hast du uns stark gemacht!

Herbst.

Hinweg von meinem Lager,
Aus dieser Stube,
    Hinweg!
Siehst du nicht
Die weißen Engel
Mit den zückenden Augen,
Die mich bewachen?

Laß mich los!
Ich will aufstehn,
Will beten!
Unser Vater,
Der du bist in dem Himmel,
Der du bist in dem Himmel ....
    Was stellst du dich
Zwischen mich und das Kreuz?
O dräng' dich nicht
Zwischen mich und Gott,
    Laß mich!

Noch gestern glaubt' ich,
Mit der Rechten Gott,
Mit der Linken dich
Umschließen zu dürfen,
Aber du wuchsest,
Wuchsest, und wuchsest

In meiner Linken,
Und plötzlich warst du
So kraftgewaltig,
Rangest mit Gott,
Und ... die Rechte
Ward deine Dienerin.

Wenn ich Ihn rufen will,
Erstehst du plötzlich
Zwischen mir und dem Himmel,
   Und wehrst
Mit geheimnisvoll sprechender Hand
Dem Himmel, daß er zu mir herabkommt,
Und verwirrst meine Sinne,
   Daß ich
Statt Gottes Namen,
Deinen Namen
   Emporschrei.

Was bist du denn?

Bist du ein Mensch, den ich liebe?
Ein Körper
Der mich dürsten macht?
   Nein!
Ein Feuer bist du,
Ein Feuer, das nachts
Auf meinem Kissen brennt,
Das bei Tage
Mit purpurnem Qualm
Die Schöpfung einhüllt,
Daß ich nichts sehe,
Atme, genieße,
Als seine erdrückende,

Durstentfachende,
Schauererregende,
  Todsüße Flamme.

Oft schon schlich ich
Im Schleier der Nacht
Mich einhüllend,
Zu deiner Thüre,
Wollte sie aufreißen,
Mich vor dir niederwerfen
    Und sagen:
    Hier bin ich!
    Liebe mich,
    Töte mich,
    Zerschmettere den Leib,
    Der ohne Seele
Rastlos wie der geblendete Vogel,
Der sein Licht sucht,
Herumwankt.
Zerschmettere den Leib,
Hast du nicht auch die Seele zerschmettert,
Da du sie ihm ausrissest,
Sie mit dir nahmst
Als deine bezwungene Braut?

O wenn's ein Elend
Auf Erden giebt,
Dann ist's dieses:
Den am meisten geliebten Menschen
Als Feind Gottes
Hinwandeln zu sehen!

Du mußt fort von mir,
Hörst du?

Sein Grimm wird dich fürchterlich
    Verfolgen,
Weil du ihm eine Seele geraubt hast.
Du mußt fort.
Er ist der Stärkere,
Oder wär' Satan
Stärker als er?
Bist du, Satan,
Bist du besser als er?
Wer von euch
Erfand das Wort
Gerechtigkeit?
Habt ihr nicht beide
An ihm geschaffen?
Schauernd schließt
Meine Seele
Die umdunkelten Augen . . . .

Aber fort mußt du,
Ob ein guter
Oder böser
Dämon dich schuf.
    Fort mußt du.
Denn siehe,
Ich fürchte mich
Vor dir.
Seit deine Hand
An meinem Gürtel geruht,
    Fürchte ich mich
    Vor dir. — — —

II.

Genug des blutigen Kampfs! Ich kann nicht mehr,
Ich kann nicht mehr. Mein Kopf zerspringt vom Denken.
Dort winkt ein palmenschwingend Engelheer,
Hier harrt der Freund. Wohin den Schritt nun lenken?

In mitternächtiger Stunde trieb's mich auf,
Trieb's mich hinab ... ich ging im Dunkel hin,
Auf unbekanntem Weg, bergab, bergauf,
Als gälte es, sich selber zu entfliehn.

Gegen Morgen sank ich nieder schlaff und müd,
Zum Tod erschöpft. Kein Mensch hat mich gesehn,
Nur eine Lilie, in der Nacht erblüht,
Stand auf dem Wege, hehr, fremdartig schön.

In königliches Weiß gehüllt, und schlank,
Wie eine Jungfrau stolz, so stand sie da,
Mit Lippen, die geschlürft noch nicht vom Trank
Des wilden Phoibos, herrlich stand sie da.

Ich habe fromm mein schweres Haupt gebeugt
Vor diesem heilig zarten Lilienleib,
Mir dünkt, die Engel haben sich gezeigt,
Die Lilie, und vor ihr das sündige Weib . . . . .

Es war so still umher. — — — Da plötzlich weckt
Ein Ton die Ruhe. Aus der Erd' hervor
Zwängt sich ein bürdetragendes Insekt,
Und fleugt zu meiner Himmelsblum' empor.

Es drängt in ihren Schoß sich, läßt die Bürde,
Die ekle, ab, zerreißt das weiße Kleid —
Der Blumenseele stolzgewobne Zierde,
Und fliehet rasch wie in gestilltem Neid.

Da steht die würdelose Königin
Und senkt das Haupt, und senkt das Haupt. O Blume,
Getrost! Hier hast du eine Schwester vor dir kni'n,
Ihr Leib gereicht dir Heiligen zum Ruhme.

Denn so wie du, so war sie stolz und rein.
Da kam Natur, das giftige Insekt,
Und trug den wilden Drang in sie hinein,
Und hat mit ihrem Gifte sie befleckt.

Da steht die würdelose Königin
Und senkt das Haupt, und senkt das Haupt. Getrost,
Hier hast du eine Schwester vor dir kni'n!

———

III.

Auf der alten Steinbank träumend,
Fand ich heute ihn im Garten.
Fliehen wollt ich, doch sein Anblick
Machte meinen Fuß erlahmen.
Diese leiddurchfurchte Stirne,
Diese toten Augen, dieses
Ganze schnöd zerstörte Dasein,
Meine That ist's. Leise hob ich
Meine Hände zu ihm, flehend:
„Kannst du mir vergeben?" „Alles,"
Sprach er dumpf, „hätt' meine Liebe
Dir verziehen, jeden Irrtum,
Jede Sünde, jed' Verbrechen,
Ein's nur nicht, denn dieses Eine
Ist das tief verächtlichste
Aller möglichen Verbrechen.
Ist — [hier stand er auf, und lohend
Flog zu mir sein zornig Auge,]
Ist, wenn man sein Wort bricht. Treue
Hast du mir gelobt, zur Lüge
Ward das heilige Versprechen.
Jener Mann, er durfte nimmer
Weilen in des Weibes Nähe,
Das so schwach . . . statt ihn zu bitten
Daß er gehe, batest du ihn,
Batest ihn, Verächtliche,
Daß er bleibe, bei dir bleibe.
Seinen Odem willst du schlürfen,
Willst den teuern Schritten lauschen,

Willst vor seiner Thüre träumen,
Daß ... so habe Mut zu sündigen,
Sündige ganz, hörst du? verlorner,
Elender kannst du nicht werden,
Denn dein Aug' brach längst die Treue,
Und die Treue brach dein Herz,
Brach dein Leib mit jedem Hauche,
Der ein Seuzfer, gilt dem ... Freunde."
Seine Hände vor das Antlitz
Krampfhaft schlagend, sank er nieder
Auf die Steinbank. Zitternd stand ich
Da vor ihm und hob das Auge
Zu dem blauen, tiefen Himmel.

„Ja, ich bin verächtlich worden,
Weil ich feig war, nicht durch Untreu.
Möge kommen ein Gerechter
Und mir sagen, daß es sündhaft
Sei, der Treue zu vergessen.

Dann, Gerechter, dann verdamme,
Fluch' der Schöpfung deines Gottes,
Fluch' der unschuldsvollen Taube,
Die am First des Daches sitzend
Kost mit zärtlich frohen Nachbarn,
Fluch' der weißen Wasserrose,
Die aus mystisch dunklen Tiefen
Auftaucht, um in ihrem Schoße
Wahllos von dem nächsten Gatten
Sich Unsterblichkeit zu holen.
Fluch' dem sündenlosen Kinde,
Das, wenn ihm die Mutter hinstirbt,
Die es trug auf ihren Händen,

Mit dem eignen Herzblut nährte,
Lächelnd zieht mit fremden Menschen.
Fluch' den reinen gottgeliebten
Menschen, aus der Vorzeit Tagen,
Den Gefährten heiterer Engel,
Die dort zeugten, wo sie liebten.

Wie? Die Treue wär' Gesetz uns?
Was die lebenfremde Jungfrau
Einst geschworen am Altare,
Gälte für das reife Weib noch?
Ahnt der Schößling, wieviel Früchte
Er einst tragen wird? Und fordert
Ihr von ihm prophetische Schwüre,
Wahrlich, hält der junge Schößling
Nicht sein Wort, ihr seid die Lügner,
Nicht das ahnungslose Leben,
Das man zwang zur stolzen Phrase.
Alles wechselt in der Schöpfung.
Embryone werden Helden,
Aus dem windverschleppten Korne
Wächst ein stolzer Urwald. Meere
Wandeln sich zu grünen Thälern.
Welten, die Aeonen sahen,
Werden Rauch und toter Nebel.
Eines nur soll wandeltrotzig
Dastehn in der großen Schöpfung,
Ewiger als sie selbst: das Weib.

O ihr irrtumblinden Geister!
Wahrlich, größer als die Sünde
Ist die Unvernunft, die protzig
Pocht auf ihre falschen Rechte.

Nein, mein Freund! Gesetz nicht, Gnade,
Gnade ist die schöne Treue,
Ein Geschenk für Sonntagskinder . . . .
Wem sie blüht, der neige betend
Fromm vor ihr sein Haupt."

          Da neigte
Langsam seine bleiche Stirne
Er vor mir . . . . Ich aber wandte
Herzzerfleischt mich von ihm. Armer!
Bist kein Sonntagskind. Zu spät!

IV.

Er sagte, ich hätte schamvergessen
Dem Freund meine Seele geoffenbart,
Eine Dirne selbst hätte mehr Stolz besessen
Und s e i n e s Entgegenkommens geharrt.

Ja, ich habe gefehlt. Kühn wollt ich verschenken
Ein fremdes geheiligtes Eigentum,
Mit dem Honig der Liebe wollt' ich tränken
Das Herz, dem geboten war, dürst' und sei stumm.

Das war die Sünde. Nicht das laute Hosianna
Triumphstolzer Lieb', nicht das selige Entschleiern
Der verlangenden Psyche, das immer geschah,
Wenn zwei Seelen ihr Wiedererkennen feiern.

Wie? Ist Sklavin die Frau? Ist sie leblose Sache?
Ein eingeschlossen Saitenspiel?
Ist ihr gestattet zu reden ihre Sprache,
Nur wenn das Gebot des Herrn es will?

Wär' ich ein freies Weib, ich kürte
Mir den Geliebten mit eigner Hand,
Triumphierend mit mir ich ihn führte,
Königin, die ihren König fand.

V.

Das sind die singenden Nächte.
Da wandelt durch meine Kammer
Tönender Schmerz,
Ein wildes zerströmendes Schluchzen,
  Das ist mein Herz,
  Das kann nicht schlafen,
  Und weint.

Setz' mich dann auf den Bettrand
  Und beginn' zu singen,
Wie Mütter ihr krankes Kindlein
  Zum Schlummern bringen.
    Schlafe mein Herz, schlafe,
    Schlafe!

Wer mich singen hört, muß weinen,
  Vergißt's sein Lebtag nicht.
Das sagte ein alter Bettler
  Mit schauerndem Angesicht,
Und entfloh von meiner Thür;
Entfloh . . . . . .

VI.

Hilf mir,
Mein Gott,
Ich sinke!

Wild bäumen sich die kochenden Wogen
Des zornigen Bluts, sie haben gelogen,
Da sie thaten, als ob sie wunschlos schliefen
In des stürmeverhaltenden Herzens Tiefen.

Sie rissen das Steuer mir aus den Händen,
Die brausenden. Kann mich nicht mehr wenden
Zurück nach dem Hafen, ich falle zu eigen
Dem triumphaufjauchzenden Höllenreigen.

Weißt du noch, wie ich als Kind dich bat,
In der Sterbestunde sei nah' mir mit deiner Gnad',
O Herr, um der Reinheit des Kindes willen
Wollest heut mich mit deiner Kraft erfüllen!

Gekommen ist sie, die Sterbestunde,
Entweder die Seele geht zu Grunde,
Oder es verblutet das todkranke Herz,
Sei's, nur die Seel' rett' mir himmelwärts.

Möcht' lächelnd sprechen mein letzt' Gebet,
Wenn der Tod an meinem Lager steht,
O, ein Lächeln in der Todesstund',
Ein Willkommgruß ist's aus Gottes Mund!

Der dem Wüstenrosse die Quelle zeigt,
Dem zertretnen Wurm sich gütig neigt,
Ihm zur Freude spendet neue Glieder,
O, neige Herr, neig' dich zu mir nieder!

Umschling' mich mit deinem starken Arm,
Zieh' mich zu dir, vom Kampf ist mir warm,
In deiner Gnade schläfre mich ein,
Will dein sanftestes Kind im Himmel sein.

Hörst du, hilf mir! Aber hilf mir schnell!
Schon umleckt mich drohend Well' auf Well',
Ich sinke . . . wo bist du? hörst du mich nicht?
Dann . . . geh' mit dir selber zu Gericht.

Dann wisse, du hast verdammen wollen,
Ungehört mich richten in deinem Grollen . . . .
Was rührt mich so stillend und kühlend an?
Ach, seine Arme haben sich aufgethan . . . . .

Sonnenwende.

Vollendet. Niemals hatte herrlicher
Die Morgensonne sich erhoben, als
An diesem Tage. Sanfte Glockenklänge
Durchdrangen hehr die lichtgetränkte Luft,
Und sangen mild ein selig: Ave Menschen!

Sonnabend war's, und nahe war der Sonntag.
Ich fühlte dieses Sonntags Näh', des Tages,
An dem den Menschen Frieden werden soll.
Dort an dem Fenster bei dem kleinen Tische,
Wo ich so manche Stunde oft verträumt,
Saß ich auch heute, in die Hand gestützt
Das schwere Haupt, und sah umher. Da lag
In grünem Lichte strahlend, still der Garten
Mit seinen ahnungslosen süßen Sängern,
Dort stand versteckt im Busch die alte Steinbank, —
(Erinnerung saß auf ihr, und weinte bitter.)
Gewaltsam riß ich meine Augen los
Von diesem Bilde. In der Stube war's
So freundlich hell, kein Fältchen meines Bettes
Erinnerte, daß hier ... ein Krankenlager.

Ich trat zum Fenster, preßte meine Stirne
Fest an die kühlen Scheiben .. Lieber Garten,
Leb' wohl! leb' wohl, mein traut Gemach, du Zeuge
Verborgnen Weh's, wie's wenige Menschen kennen,
Vielleicht . . . kein einziger. Und wieder drangen
Die zudringlichen Anteilnehmer unseres
Verschämten Leids ins Aug' mir. Keine Thränen!
Hinweg ihr Bettler, die Erbarmung heischend
Uns ärmer macht, indem ihr offenbart
Die Armut unseres Glücks. Stark wollt' ich sein,
Und war so schwach doch, streichelte voll Wehmut
Jedweden Gegenstand in meiner Stube,
Die Bücher, die im dunklen Schranke standen,
Die ich so lange nicht mehr aufgeschlagen,
Die Blumen, die ich selbst gezogen, die
Bei meinem Tische eine Laube bilden,
Die alten Stiche, die als Kind so sehr
Mein Aug' erfreuten, alles war mir lieb,
Mehr lieb denn je, in dieser Abschiedsstunde.
Herr, laß mich stark sein, rief es laut in mir,
Der mich erleuchtet hat, o laß mich stark sein!
Es giebt nur eine einzige Rettung hier,
Um dieses Hauses Frieden zu bewahren,
Diejenige, die ihn verletzt, sie geht.
Sie geht? Ja! Könnte, dürfte ich denn bleiben
Die Gattin eines Mannes, dem ich grausam
Das Stolzeste geraubt, was ihn beglückt:
Alleinherrschaft im Herzen seines Weibes?
Dürft' ich mit diesen Armen ihn umschlingen,
Die sich nach einem andern ausgestreckt?
Dürft' ich mit diesen Lippen ihn berühren,
Die eines andern Namen kosend nannten?
Wie, wenn ich eines Nachts mit leiser Hand
Nach seinem Haupte griff, und traumbefangen

„Bist du mein Stiva?" früg? O niemals, niemals
Sollst du, der tausendmal mehr wert als ich,
In solcher Qual erseufzen: sieh' das Höchste,
Das ich noch geben kann, ich geb's dir, Edler:
Empfang' aus meiner Hand die ... Freiheit. Ja,
Sei frei! Sei groß, so wie du immer warst,
Vergesse jene Schwäche, die du einst
Dein Weib genannt. Und wenn dich eines froh
Und stolzer machen kann, du wirst's erleben.
Derjenige, nach dem mein heißes Herz
In ungestümer Sehnsucht drängt, er wird
Ohn' mich des Lebens Pfade wandeln. Niemals
Wird seine Brust an meiner schlagen, nie
Sein Mund auf meinen Augen ruhen, Thränen
Wollüstigen Glücks von ihnen trinkend. Siehe,
So stark ist selbst die Liebe nicht, daß sie
Gefeit gegen Schatten wäre. Und ein Schatten,
Ein riesengroßer, fiele nächtig schwarz
In unserer Liebe helle Sommerlandschaft,
Erschreckte uns, wenn wir dem Alleluja
Der freudeauferstandnen Herzen lauschten,
Erschreckte uns am sonnenhellen Mittag,
Am Morgen, in der mondscheinsüßen Nacht.
Er machte mich in Stiva's Armen frieren,
Er dränge sich mit kühlem Atemzuge
In unsere seligste Umarmung, trieb
Von seiner Brust mich fort, er stünde finster
In jedem Augenblick der Freude auf,
Mit jener schrecklich stillen und doch lauten,
Den Donner überdröhnend lauten Stimme
Die nur die Seele hört, uns graunhaft mahnend:
Vergeßt es nicht, ihr seid dies Glück noch schuldig!

Und dann, in solchen finstern Augenblicken,
In denen wir des Gottes Strafgericht
Ob unsern Häuptern rauschen hörten, dann,
Dann sähe Stiva vorwurfsvollen Blickes
Auf mich, und schlüge stumm und leise schauernd
Die Hände vor sein Angesicht. — —

              Hinweg!
Hinweg von hier! Und keine Schwäche mehr
Kein Zagen. Leise sank ich vor mein Lager
Und küßte einmal noch den weißen Pfühl,
Den innigen Vertrauten meiner Nächte . . .
Und ging hinab. Im Garten schien die Sonne,
Der Kies war warm von ihrem heißen Odem,
Die Blumen strahlten, Vögel jubilierten
Und schlugen freudig mit den Flügeln.

              Langsam
Ging durch die Freude teilnahmslos ein Mensch
Und sah mit starrem Aug' zu Boden. Oben
An einem Fenster sah ich einen zweiten — — —
Auch hier dasselbe anteillose Antlitz — — —
Es scheint als ob er liest, doch schweift sein Blick
Weit über seines Buches enge Seiten. — — —
Und diese beiden Menschen, der da wandelt
Mit bleicher Stirn', und jener oben, diese
Sie haben ehdem sich geliebt wie Brüder.
Die heut' so elend, so gebrochen, waren
Vor Monden noch so glücklich, so voll Kraft,
Voll Zukunftshoffnung. —

              Leise stieg ich aufwärts
In Stivas Kammer, nahm ihn an der Hand

Und zog ihn mit mir fort. Sein Antlitz glühte,
Als er hinab ging. Ach, ich ahn' es wohl,
Auf was er hoffen mochte. — — — Lautlos nahten
Wir meinem Gatten. Da wir ihn erreicht,
Nahm Stivas Hand ich still und legte sie
In seine Hand. Zuerst ein Zucken beider,
(Ich hielt sie fest) dann, als die lauten Pulse
Einander klopfen fühlten, dann, dann war's
Als wurzelten die Hände ineinander,
Mit leisem Schluchzen sanken sich die Männer
Stumm an die Brust. In diesem Augenblicke
Schlich ich mich lautlos aus dem Hause fort. —

Ich gehe. Nicht zu sterben. Nein! zu leben!
Nur schlechte Dichter lassen ihre Helden
Im Tode Sühnung finden. Gott der Herr,
Er ist ein guter Dichter. Seinen Menschen
Verleiht er Mark und Kraft, und mutige Stärke
Aufs neue aufzubau'n, was ihre Hand
Im Frevelwahn zerstört. Wie! Sterben? Sterben?
So lang's noch Elende auf Erden giebt?
Verlorne, Kranke, Blinde, ja, so lang
Es noch zertretne Blumen giebt, die einer
Liebfrommen Hand bedürfen, die sie aufhebt?

Dort blauen fremde Berge, fremde Länder.
Auf denn, mein Leib! und zag' nicht, wo am Abend
Das müde Haupt sich betten wird. Jedwede
Gramvolle Brust wird fortan deine Herberg
Dein Lager sein. Und solche Herberg' giebt's
So viele, viele. — — —

            Einmal noch, du Wind,
Der aus den heimatlichen Gärten bringt

Mir süße Abschiedsgrüße, küsse mich!
Küss' auf die Lippen mich, du lieber Wind!
Fortan sind sie verwaist. — Grüß' mir die Lieben,
Sag' ihnen, daß ich — — tapfer bin geblieben.